同在陽光下

铁群 著

作家出版社

目录

序　　　　　　　　　　001

自序　　　　　　　　　007

第一辑　记忆是一首老歌

寻找　　　　　　　　　003

来了，走了　　　　　　007

信徒　　　　　　　　　008

活着　　　　　　　　　011

童年　　　　　　　　　013

渴望年轻　　　　　　　018

记忆是一首老歌　　　　021

大男孩　　　　　　　　026

同在阳光下　　　　　　027

想……　　　　　　　　029

2012 春节拜年　　　　　031

女人　　　　　　　　　034

失语　　　　　　　　037

闭上你的嘴　　　　　038

在夜里飞……　　　　042

燃烧……　　　　　　044

选择　　　　　　　　047

第二辑　在路上

蜀国情深　　　　　　053

蜀雨　　　　　　　　055

在路上　　　　　　　057

山城感怀　　　　　　060

送友人赴任　　　　　062

资阳造访　　　　　　063

勿忘　　　　　　　　066

武汉干杯　　　　　　068

燃烧的清明　　　　　070

我们是朋友　　　　073

东湖的记忆　　　　079

那一片云　　　　081

妈妈的微笑　　　　083

秋之歌　　　　088

第三辑　古格王朝

老家　　　　093

布达拉宫　　　　100

拉萨夜色　　　　104

拉萨河　　　　108

古格王朝　　　　111

访米林农场　　　　115

夜踏拉鲁湿地　　　　118

孤独的旅人　　　　120

无题　　　　123

高楼与帐篷　　　　124

新年祈祷　　　　128

在林芝军营过中秋　　　　133

那曲的秋　　　　135

未了情　　　　138

海思　　　　141

横线　　　　143

裸露　　　　147

锁　　　　149

回西藏　　　　151

杂感（组诗）　　　　153

跋：西藏的魅力　　　　161

后记　　　　171

序

　　每一位诗人都有自己的情怀，这种情怀即是被世态人情所陶炼和沉淀后的生活。一切朝向理想与彼岸的诗歌作品，终究根植于现实生活的土壤之中、浸润于时间长河之下，而这正是我们在这本诗集中所看到的东西。作者的诗从始至终贯通着一种浓郁的生命意识，这是一种源自走过千山万水、见证悲欢离合、历经宦海沉浮的意识。诗集中无一例外地流露出经过沉淀后的人生哲思，尤为可贵的是，也彰显出对自由、真相、公道、希望诚挚的向往。

　　透过这本诗集，我们可以看到一个历经世间百态的长者对生活的那份毫无倦怠的热爱。如在《寻找》这首诗中，作者认为灵魂因为有思想而光辉和高贵，他是对短暂肉体的超越，表达出对灵魂与思想的赞美。这是作者对生命精神的赞叹和思想永恒的讴歌。同样在《来了，走了》一诗中，作者依然强调觉悟对生命的重要性，表达了生命价值与道理确证之间的关联，提出"人生中，要知道用理、用爱去拥抱这个世界"。以诗言志，表现出对混沌生活的拒绝和对价值世界的寻求。在《选择》一诗中，作者对人性的暗角做出了深检与省察，表达了愿意为自由的意志而承担一切可能的风险，即便为此让渡和丢失普世的因循与安逸，也不畏惧告别曾经的自我。这是对自由人生大胆追寻的勇气。作者致敬"选择"即是致敬"自由"，融志于诗，情境交融，展现了他义不容辞地接受自己一切选择后的人生结果，这是对自我追求的大胆接纳，也是勇于担当的为人品性。在《同在阳光下》一诗中，充满了对死难矿工的同情与悯怀，从对"生命之轻"的感叹中，流露出强烈的人道主义关怀。同在阳光下，期许一个温暖世界。在《勿忘》一诗中，作者表达出对革命圣地的真挚崇仰，以"血骨悲歌化作雨，直落九州育彩虹"书写了置身宦海，当奉心为公的可贵情怀。在《回西藏》一诗中，作者抒发出对永恒的沉思，表达出立于高处去问候太阳的渴望，沿着山脉去聆听雪山的畅想，赞叹对生命原始状态的回归。作者以新颖的思想内容，优美的艺术形式，生动的语言表达，和谐的音韵旋律，既创作了现代诗歌也不乏古典诗歌，既有现实主义色彩也有浪漫主义色彩，情理结合，机锋理趣，引人入胜。

中国自古便是一个诗的国度。孔子说："诗，可以兴，可以观，可以群，可以怨。"诗歌表现的是人内心的情感世界和价值追求。当今，我国大力弘扬中华优秀传统文化，诗歌作为其中的重要组成部分，理应受到推广和重视。诗歌固然是一种语言的艺术，但也绝不是停留在语言上的艺术，它是理解和把握世界的艺术，它必须包含着指涉世界和理解世界的丰富内容，它最终的价值彰显在对世界的洞察与认知之上。西方现代美学家比厄斯利说："成为诗意生活核心的感受原不过是一种洞见。"诗歌可以是人生履历的见证者，也可以是自我心声的倾听者。诗歌的魅力在于，篇幅虽小但涵融博大。由此，以诗寄情、借诗言志成了诗歌的典型价值。通过诗歌创作，对社会和人生有了更深切的反思和理解，生活态度变得更加重情豁达，生命的维度也被拉长。这本诗集展现了诗歌艺术这一旨归。我们作为读者从中不仅真切地感受到了世界中那些物态人情的丰富面貌，由此获得了关于世界的可贵洞见，还看到了作者对生命的当下关怀和对内心世界的观照，彰显出他的人间情怀。

张 涛

2021年6月15日

于北京师范大学中国易学文化研究院

自序

　　我是北方人，我热恋家乡黑黝黝的土地。我是北方的风，落落无度；我是北国不融的积雪，峭直嶙峋。我执拗，我放纵，我热恋荒蒿盖地的原野。

　　我出生在"大跃进"时代，经历了"文革"、知青岁月；恢复高考时步入大学课堂，毕业后来京工作。值得庆幸的是，北京给了我更多的学习机会。八十年代末，赴日本研修，后又在多伦多大学、哈佛大学做短期培训。在四十多年的工作和学习中，逐步形成了自己的人生观和价值观。

　　人性中的曲直善恶，无论怎样改造它、稀释它，也遮挡不住时代的痕迹。只要你细心地去理解，就能对自己有更深的醒悟。

　　在我的同龄人及稍长的人中，许多人苦过、累过。也许，这一切太刻骨铭心了，我总愿回味累倒在田野里的感受。在那个我始终恨不起来、而今时常被人批判的年代里，作为一名"热血青年"，我主动加入了农民队伍。那是个追求单一和趋同的年代，真理和正义表现得极其单一，就像年轻人要求入党，这几乎就是衡量"好人"与"坏人"的尺度。记得组织上接受我入党时，我非常内疚自己还不够一名党员的标准。为此，我在全县知青大会上宣誓：要做一辈子有文化的农民。如果事物就是这样发展下去，我想我会是一个好的村党支部书记。不久，"四人帮"粉碎了，谓之"十年浩劫"的年代退去了，从城市到乡村都迎来了思想大解放的浪潮。人们在重新审视历史的同时，也在清算极左思潮对个人的影响，似乎一切都要重新判断，重新选择。正是在这种转换之中，我离开曾生活了三年的"知青户"，度过了四年大学生活。

我是从"改造世界观"的年代里开始步入社会的，我也就常能从自己身上找到过去的影子。现在，人们的确越活越聪明了，享受着改革开放的果实，开始全心全意地"改造生活"，以至于我们这些经历过那个时代的人，都不惜割掉自己这一点"旧尾巴"，向新时代靠近。但我总想，在去判断事物的进步与落后、文明与愚昧时，不能超越时代的局限。

当机遇把我推进北京时，我开始品味"京都"的含义。工作使我有机会从南到北，从东到西，走遍了中国版图画了粗线的各个区域。

西藏是我生命中的一个拐点。一种缘分，我来到西藏工作。西藏有 18 个边境县，海拔大都在 4500 米以上，我的那些同事舍下舒适的环境，远离亲人，自愿到这里援藏。边境县的条件之艰苦是难以想象的，生命的弱小和生命的张力在这里展现得最为充分。半年下来，他们脸紫青、唇乌黑，皮肤也变得浮肿了。缺氧、干燥、寒冷无时不在侵蚀着生命。有位年轻的同事半夜憋醒了，张不开嘴，两唇裂开流出的鲜血已粘住了嘴唇，他本能地用手扒开嘴唇，坐起来，大口地喘气。也许有人会说，藏族同胞不是世世代代生活在这里吗？有什么大惊小怪的。对此也许可用传统、习惯、忍耐这些词来解释当地人这种自然的生存状态，但对我的同事是绝对不合适的。他们在这片陌生的土地上奉献，是一种国家使命感、政治责任感使然，可以说，国家利益、民族利益重于泰山。

西藏的山，西藏的河，它苍凉博大的气势足以吞噬人类高尚的自尊。置身这里，生命弱小得犹如晚秋的凄草。在藏北高原，生命无时不在经受着考验。有人说这里是生命禁区，也有人说这里渲染了生命的顽强，在生命的极限下，每一张黑红的脸膛，每一座宽厚的身躯，都像高原上艳丽的兰花给人以无限遐想。西藏的那曲没有树木，低矮的草紧紧地趴在地上，当我目睹高原羊用它短秃的嘴刨着草根充饥时，感到巨大的震撼。我赞美生命，我敬仰这种顽强忍耐的精神，我愿以一腔热血为他们歌唱。

在西藏，当我们与自然抗争时，羊肉和糌粑远比权力更富有魅力。

我们一贯注重人生观教育，从而对生命和人的价值灌之以高尚的内涵，她激励人、鼓舞人，成为一种模式、一种境界、一种精神。"特别能吃苦，特别能战斗，特别能忍耐，特别能团结，特别能奉献"的老西藏精神仍然是当今社会先进文化的精华。

人生观的形成离不开灌输式的教育，但更重要的是社会所能给人们提供的生存环境。脱离低级趣味也好，从善如流也好，不是与生俱来的，而是对庸俗和恶习的否定，是先进文化的弘扬。

对于城市，我似乎比乡村陌生，乡村的恬静无时不在我梦中重现。城市的躁动和乡村的沉默都能在我的性格中表现出来。对于作秀，我厌恶至极；对于生命，我守护本真的一面；对于功利，我看作是自己穿着合适的衣服；对于事物和人，我看重实质和真诚。然而，我也常常被肤浅和诚实所惑。很多时候，肤浅的事物充斥着人们的生活，而诚实却为世俗所难容。

对生命的感悟，是生活经历的理性化，是现实生活的烙印、反射。感悟生命是心灵上的自我解放。生命中没有理想和追求，人没有一点精神，那生命不过是一个躯壳。

感受过的东西，人们更乐于接受，所以更多的时候是习惯支配着我们的生活。其实，多好的社会，每一个人都不可能摆脱某种习惯或模式，一个民族的习惯常常是社会的"基本框架"。

多贡献于社会，多关注一点他人，应是我们这代人的最大觉悟。

2021年6月于北京

记忆是一首老歌

寻找

我一直在寻找 ——
不存在的存在；
宇宙之边，
边界外的邻居。
我在逃离下坠的躯体，
向星空问道。

岁月无形，似于一种虚幻，一种概念；

她在宇宙和灵魂间行走，穿透天地，承载万物，播种希望。

她，日复日，年复年，在鲜活的细胞和毛孔间生根，让生命散落在各个角落。

岁月无法复制，我们只能贪婪地分割她。

人类是多么希望不间歇地打造一个有形的世界，并建立一个公正的秩序。然而，适得其反，当人们用名利来书写历史，用肉眼来诠释生命时，这个世界已经丢失了原貌，变得杂乱无章了。

生命是岁月的音符。生命之歌，唱之不尽，与岁月同行。

人要唱歌，鸟儿也要唱歌，风要唱歌，大海也要唱歌；还有雷电，划破天穹，用闪亮的曲线展示它的诡谲。

谁想要压倒这一切声音呢？唯她一家之言？

我们企盼着歌一样的生活，想听那些动人心魄的台词；我们如醉如痴，在茫然动情的状态下，常常感奋于对未来的承诺……

假如我们没有爱，没有进取，没有奋斗，我们会停歇在哪里？我们是一个什么样的符号？我们能留下什么？

毫无疑问，与其问之，不如行之。所谓理想一定要比现实更为虚无缥缈。

尽管金秋的世界，让我们充满希望，但它仍会湮没于岁月的流逝中，让我们一无所有。

生命，在瞬息和永恒间跳跃，依附在灵魂之中。

灵魂无界，她栖息于明日之屋，徜徉于辽阔的宇宙和茂密的山林。

有人拥有她，尊重她，守护她；有人摈弃她，怀疑她，嘲笑她。

我们为什么要思想呢？为什么要享有美感呢？在精神世界里，灵魂占着统治地位。

灵魂不甘禁锢，她在生死间穿行，游于天地。

灵魂没有彼岸，犹如阳光下的影子，黑暗中的萤光，居所自然。

在灵魂的炼狱中，我们又何须与灵魂谋面呢？

又何须证明她的存在呢？

无论是高尚，还是卑鄙，人们的所作所为都会镌入她的记忆里，呈现着美丑善恶的脸谱。

灵魂存在，西方人说灵魂走的时候，人体会减少21克。

没有人不在思想中，思想即灵魂。

不管是故事还是人生，一切都应当美一些 —— 沈从文如此讲过。

生活总是有惊人的相似。她曾这样走来，给人无数的惊喜，让人充满活力和期待。也许，她也会这样离开，留下淡淡的伤感，让人忘记怨恨和过失。

我们的背后并不是一片空白，有色彩，有脚印，有声音，还有情感和忏悔……当我们走累的时候，才知道物欲的东西是多么的短暂。

人的肉体终究要腐烂，却会留下灵魂的思考……

来了，走了

　　生日，就是有那么一天，那么一个时辰，来了；忌日，就是有那么一天，那么一个瞬间，走了。来了，走了，就是一个人的一生。人活着，很简单，也很不易。有的人，在一个瞬间，把一生都想明白了；有的人，活了一辈子，没有明白一个瞬间的道理。

　　人生中，要知道用理、用爱去拥抱这个世界，你给它了，它也给你；你糊弄它，它也会戏耍你。

　　—— 六十岁生日暨庆百年通和于东坡小镇

了无事事过一半，

头顶翎枝吃饱餐；

一襄烟雨三苏镇，

六十恍在半坡间。

百年通和千秋业，

强国梦里好种田；

尔持形器统天下，

吾耕空色向自然。

信徒

烛光下的夜话

晚上 ——
记不得怎样坏的天气
我关掉灯独自沉默
恍惚中我成为教徒
光着头拖着长长的袈裟
手中还捧着祭品

在幽暗的殿堂里
我把一盏盏酥油灯拨亮
闭上眼睛
默默地期待轮回
祈祷着没有痛苦的来世

许久一个女人的声音
猛然传来
我感到了饥渴

想看那张女人的脸

我睁开眼睛
烟雾蒙住了我的视线
很难看清
她的仪容了
只有源于眼底的长河
纳着疑惑
流着朦胧
还有善男信女的躯体
……

黑夜已入睡
我茫然地凝视着
属于神的信徒
还有在祭祀的偶像下
跪着的芸芸众生

欲望蚕食了肉体
肉体占有了灵魂
一面是神

一面是鬼

一足在天堂

一足在炼狱

圣人说："不能转身"

哲人说："前行亦即转身"

该留的留下

该去的已去

活着

人之悲欢皆源于欲爱。

一定又是你的手指，轻弹着，在这深夜，划落了情绪，总想说点什么……

总有一个理由，活着
无须寻找生命的答案，
日出的早晨，
曾在你的窗前停过。

总有一个希望，活着
挽不住换季的春风，
四月的种子，
刚刚张开扭曲的外壳。

总有一个方式，活着
那是父辈留下的故事，
相同的客栈，
容纳了不同的过客。

总有一个呼唤，活着
那是自由的星空，
爱的拥抱，
唤醒了沉寂的自我。

总有一个信念，活着
一定是你的手指，
拉开了我的乡思，
我灵魂深处的歌。

童年

"突然一声鸟鸣，像飞来一枚石子，投进我的脑海，打破半晌不动的沉静 —— 我用诗情敲击岁月的键盘，检索儿时欢快的乡情"。一个深夜，我翻书读到伴我一起成长的亲人的诗句，勾起了我对童年的眷恋……多么渴望，牵引岁月的尘封，让我们一同回到无忧的童年。

丢失了 ——
它离去悄悄
洁白的手帕
甜蜜的梦
童心的笑

丢失了 ——
它不别不告
透心的月色
无猜的鼾声
不合体的外罩

丢失了 ——
世俗的钥匙

丢失了 ——

花苑中的剪刀

……

我伤心地哭了

怨母亲给了我梦

却没有金匣子

把梦锁牢

丢失了童年

再看到

哭哭啼啼的孩子

就有心发笑

多天真啊

站在冰棍箱前

你的世界

就如这箱子般大小

唉 —— 真是孩子

丢失了 ——

留不住的童年

但我真想

大家都是孩子

这个世界

该有多好

渴望年轻

时光流逝，她从不问你做了什么？你想做什么？只是在不经意间，她把现实的东西变成了过去，变成了要我们回身去祭祀的文字。

一切都淡了，

味道沉降到深处；

一切都远了，

死亡拉得更近。

曾有的，

青春、烈酒、号令，

留给了那个时代；

曾有的，

歌声、激情、呐喊，

已在老酒坛中沉浸……

我们流失了——

鲜红的血色，

我们厌倦了——

权力的任性。

每当回头，

都是一次清算，

一次自省 ——

庙宇之上，

几多功名？

不是自卑，

而是习惯了自卑，

不是抗争，

而是遗忘了抗争。

仍然渴望，

听到年轻人的咆哮，

批判声，甚至击打 ……

纵然是，

稚气的狂妄，

野性的冲动 ……

尽管 ——

曾经的年轻，

让我们痛苦过，祭祀过，

但我们底色不改，
依然善恶分明。

曾经，为纯粹而流泪，
曾经，为信仰而前行 ……
多么渴望年轻，
—— 年轻有梦。

记忆是一首老歌

时光在月下玩耍，幸福停留了；我们不断地回头，寻找生命最初的感受。可惜，岁月无情，头发染白的时候，我们捧在手中的记忆，还有多少可以重复？

童心的记忆，犹如世界之初的原野，和晨曦一起享受着单色的天真。

童心的记忆，又像记忆之始的白云，淡淡地散开，无论走到哪里，都透露出原始的纯洁……

记忆中的星星，是快乐的伙伴；屋檐下，蚂蚁忙着搬家，燕子轻盈地穿行。

记忆中的月亮，是祥和的玉冰；小路旁，有笑开的野花；溪水边，流淌出懒洋洋的鼾声。

记忆，

长长地

跟在生命的后面，

夜深人静的时候，

我们悄悄地对话。

记忆，

静静地

在梦乡里小憩，

寂寞敲门的时候，

我们默默地等她回家。

记忆，
轻轻地
串起散落的时光，
大雁南飞的时候，
秋风扫落了无忧的晚霞。

记忆，是一首老歌，
先辈们唱哑了嗓子，
孩子们唱丢了稚牙。
记忆，是一支心曲，
编织优美的音符，
传递远方的牵挂。

因为记忆，我们渐渐长大，
因为记忆，我们放飞了理想，
因为记忆，我们褶皱了年华。
记忆中的童年啊，
是过访的人字雁，
是炊烟伴舞的雪花；

记忆中的成长啊，

是劳动者手上的血泡，

是撕破肩头的镐把；

记忆中的昨天啊，

是你来我往的背影，

是理性失落的喧哗。

痛的记忆，总是

在摔倒的地方停留，

美的记忆，却

在无声的时光中退化。

生活，

疲惫了我们的身心，

很多时候，

让人留恋 ——

蹉跎消逝的岁月。

寻找那个年代，

重温那个人家。

大男孩

为蕴杵生日而作。

戊辰男儿骄，

书育才子俏；

蜉蝣朝夕戏水间，

人生万古论书高。

横空多自信，

结义灯市小；

愿做豪杰行天下，

不屑儒林领风骚。

指江山，少年好，

欲穷千里，其路遥遥。

勤修身，防肠断。

大道朝天德作梯，

小溪归海月为桥。

须努力，甲子年正少。

同在阳光下

2005年8月7日，广东大兴煤矿透水，致使被困井下的123名矿工遇难。

太阳 ——

在厚厚的井口停留，

焦灼的呻吟，

跟黑色交织在一起。

死神，凝固在深处，

注视着

一批又一批矿工 ……

收工的时候到了，

年迈的母亲守在路口，

等着儿子，

嘴里叨念着乡语。

炊烟烤热了花季，

妻子倚在门旁，

准备好了晚饭，

还有男人要换洗的内衣。

矿工凸起的胸脯，

装着女儿求学的梦，

期待　有一天，

她们不走父辈的路，

也不像妈妈，

早早地辍学为妻。

太阳每天升起，

同一个太阳下，

我们应该一同享受，

慈祥的阳光，

还有　清新的空气。

想

雨，从早起没有间歇。

我喜欢南方的雨，像南方的女孩，清秀细腻，牵风润色。

南方的雨，有一种生命感，有一种淡淡的忧伤，总是不间断地诉说。一滴，一线，一场；她是一幅画，是一曲有节奏的音乐，她与你一起呼吸，一同相处。

她淋湿你的面容、你的心境，让你感受到爱的存在。

想，在一场雨后，

想，在一个寂静的夜里，

传递一种感受——

雨的清新，夜的安逸。

想，那是一间老屋，

想，那里只有摇曳的蜡烛，

由谁借一夜 窗外的月亮——

问一声安好，道一声祝福。

想，这个世界，

能静一点儿吗？空闲一会儿吗？

让朋友，

停下脚步，

留下一点儿时间，

何必，总是那样仓促。

想，相聚的时候，

想，明天的日出，

等待，

某个节日，某一次邂逅……

手抚琴，酒盈樽，

拨弦畅饮，

万籁同一归处。

春节间，云南何道峰兄发来短信拜年——"世事浮云烟花雨，人心无尽凤凰枝。散尽烟云除夕夜，真诚有君一心知。"

2012 春节拜年

（一）

当年卧虎仰天啸，

曾为蛟龙何自嘲。

年年君颂除夕夜，

岁岁吾仰一山高。

（二）

关外除夕雨作冰，
岁月蹉跎唤不同；
乾坤变幻何须问，
匡世风流显道峰。

滇国春早风起舞，
弥勒云淡蛙不鸣；
徒有圣贤谈天下，
卧龙坡上看晚晴。

女人

女人总会超出男人的想象。女人是水，水流过的地方就有生命之痛。

痛，
咫尺间，
三人行，
身心异梦。
苦在心里，
羞在眼中。

桌前邂逅，
相形已朦胧。
道貌君子失磊落，
斜睨少妇已陌生。
虚意随风起，
汗颜悄无声，
自恃心高惹众笑，

破帽遮面难自容。

似已错，

错仍行，

谁在其中？

何须考问，

鹊落枝头，

水流他乡。

假借进退皆茫然，

只待忘年隐山空。

失语

窗外已泛白，隔壁的梦语时断时续，听得出，是古老的诅咒，有点荒诞……身在此处，心在别处。失语，多数时候，是人陷入了自身的泥潭中。

有人相知心不老，
悲欢进退皆逍遥；
生生大道无远近，
留有寸心好自嘲。
风霜皓月染双鬓，
隔岸淑女唱童谣；
敢问心头三分耻，
不失少壮七尺高。

闭上你的嘴

大会例行发言，不可抗拒的套话。陪听的人，有的昏昏欲睡，有的算着自助餐的时间，有的起身离开假借去办马桶上的事……

假话说多了，

从此，不说了。

把嘴紧闭，

不再发出声音，

掩埋了谎言，

洗掉了媚颜。

沉默化作背后的冷风，

抽空了思想，

期待另一种声音

向人们走近。

风，吹断了
廉价的口水，
希望给了 ——
牙牙学语的婴儿。

在夜里飞……

每一个年份，都写着不同的碑文。

可贵的鸟儿，

被邪恶诅咒。

沉默的羽毛，

散落在大街小巷，

高悬的冷眼，

窥视在鸟儿身后。

驯化的鹦鹉，

昂着高贵的头。

它的主人，

不停地叫喊，

几多食客，

已然是哑语的时候。

隼在笼中，

那翱翔只是个童话。

凌晨，宣武门外，

酒后的年轻人在嬉闹，

白发老外穿着短裤跑步，

路工仍在作业……

此时，

我伫立在十字路口。

刨开的路面，

透出了腥味的喘息；

痛失的血色，

一半拌入胭脂，

一半浸红土丘。

积弱的呻吟，

让这个世界模糊了。

燃
烧
……

生活没有剧本，每一个人都有自己的活法。不做无为之事，何以遣有涯之生？只不过有些人双脚深陷沼泽，也没有忘记仰望星空……

不想随流而下，
宁愿，站着，
在荒野中凝固……

不想躬身而朽，
宁愿，燃烧，
在尘埃中飘逸……

不甘老去，

宁愿，把时光缩短，

激情地走向死亡 ……

对大地而言，

稻草与鲜花，

都是生命的装饰。

选择

　　曾经，离你最近，倾心交谈，听每一个字，或真或假，断断续续，像是所有的倾诉，都是因为你我互为相知的听者。看那双眼睛，或美或丑，无须移动，似乎所有幸福只因两个心的距离。偶尔，感受片刻寂寞，那是冰雪下的涌动。喷发的渴望，紧紧地收拢了乾坤的呼吸……

　　如果你是诗人，我就是一片云，俯瞰着青山的沉默；如果你是政客，我就是一首歌，轻伴着岁月的苍老；如果你是画家，我就是永恒的色彩，守护着框图的格调……

你错看了什么——
我是自卑的
你选择了自卑，
我是丑陋的
你选择了丑陋，
我是贪婪的
你选择了贪婪。
我同你一样——
你是自然的
我选择了自然，
你是善良的

我选择了善良，

你是执信的

我选择了执信。

我和你，你和我，

因为选择

你丢掉了延续的童话，

因为选择

我把路标再一次折落；

因为选择

你把成长拉入秋天，

因为选择

我把埋脐的风沙闪过；

因为选择

你把幸福转手了我。

因为选择

我把痛苦切割了你，

我们交换了，

我所有的，

你所有的，

所有的价值。

站在对面，

为我们得到了所有

而祝福，

为我们失去了所有

而歌唱。

我们失去了曾经的自我，

我们得到了未曾有的快乐。

或许，有一天，

我们的躯体，

已化作高原之风，

星空之河；

我仍然，

不会改变

我对选择的热爱，

不会放弃

我对自由的选择！

第二辑

在路上

蜀国情深

从西藏经成都逗留，老友相聚。

（一）

人兽川上走，

蜀国留客愁；

桨击岁月无痕迹，

笑祭华年已白头。

阴阳错世界，

远近由心收；

天涯之路百年间，

红颜故地叹春秋。

（二）

樱花温泉雨涟涟，

楼台云雾坐山间；

上行一步登浮华，
下落三千是桃园。

风问星月何人痴，
吾耻贵贱各一边；
花水湾里花成吟，
欲望湖边欲无言。

蜀雨

　　进藏的人大都在成都小停，成都是个多雨的都市，习惯于北方生活的我一遇雾雨天常常感到茫茫然，更加向往拉萨这个太阳城。

梅雨

淅沥不断

匆匆的过客

用雨具

裹住躯体

躁动的情感

显得更加脱裸

路标

延伸着

迷茫

姗姗的梅雨

依稀要把

早秋唤醒

换个季节吧

烦躁的行人

沙沙踏出

欲望的饥渴

梅雨疲倦了

归宿者掩好了门

路边闪烁的灯光

缓缓地

伸向寂寞

太阳躲进

沉落下来的

浓云背后

那些

期待烘烤的记忆

变成了

荒芜和月色

在路上

在山城重庆过了元旦。这个冬天隐藏了什么?

面对高山,面对长河,面对沉默,她与你,总是那样,从容地露出淡淡的微笑……智者曰,人生的高度,不是你看到了多少,而是你看清了多少。

她在路上,

冰封的大地,

还在沉睡,

敲门的脚步,

已传来春天的畅想。

何必问,

苍凉的黑土,

那是谁的家乡?

你从南国走来,

我已守在路旁。

何必问,

山城的朦胧,

淋湿了谁的眼睛？

哨兵廊下凝视，

月在云后窥望。

何必问，

徘徊的岁月，

留下了谁的祈祷？

风从南北飘过，

歌已心中流淌。

她在路上，

风雨吹散，

板齐的发型，

一路都是你的风景，

一路都是我的畅想。

山城感怀

匆匆的脚步，引发了淡淡的失真，像是要跨出一种驱使，不用在速度里挣扎。既然什么都是浮云，我们为什么不能像云一样逍遥呢？

（一）

虚实两界苦寻家，

茅屋破矮有清茶，

酒醉江湖渝水缘，

乍醒田园絮如花。

芥豆萋萋与杨舞，

逍遥百般大旗下，

难置福禄为浮云，

推开悲欢问牛娃。

（二）

词无牌，

西风枯枝哀；

道无形，

如幻如痴戏瀛台。

翘首待，

楼高难下来；

谁人知，

庙宇之大心在外。

三十年，

众生叹兴衰；

事无常，

社稷沉浮人百态。

送友人赴任

友人赴乐山任职，信心满满，立志造福一方。

佳人赴故里，

补天有女娲；

滴水洗浊尘，

磊落映年华。

蜀国月色好，

清纯更无价；

辣妹羞须眉，

叹观剑中花。

资阳造访

自然界，草比花多；草长久，花一时。

一梦已经年，
化蝶成紫烟，
心轻傲寰宇，
从容小溪浅。
梦归梦去不见侬，
是恩是怨皆因缘；
无意坐看叶脱枝，
忽闻风落山水间。

勿忘

井冈山集训。用心感受这片热土，共产党的圣地，红色武装的摇篮。

月沉井冈寻旧梦，

雾锁青山忆巨龙；

当年苏区昭天下，

罗霄中脉八万兵。

腥风越过黄洋界，

白色恐怖屠生灵；

血骨悲歌化作雨，

直落九州育彩虹。

风兮吹散七十载，

生者抚痕亡者空；

恩仇相煎同根豆，

大海暗默黄帝陵。

真理犹存人已去，

不肖几多笑忠诚；

切莫妄私置宦海，

人间正道有天公。

武汉干杯

朋友相聚武汉。入夜，酒过三巡，有吟者"酒是酒时不为酒，人是人时非是人，酒到心醉方成酒，人到情处才真人。"

（一）

酒过三巡歌声起，

醉眼几多误识人；

桌上君子按牌坐，

谁知脚尖何处伸。

一朝天下一朝民，

百年老曲唱圣君；

为攀上位近一尺，

纸牌屋里越古今。

（二）

万物随缘去，

风来叶先知；

草木识春早，

抚夜起身迟。

富贵不养心，

平淡修身直；

朝朝看过客，

少年笑叟痴。

燃烧的清明

在老家为父母立碑。

这里，排列着，
祖辈的脚印，
儿时，曾在这里，
等待星星落地的声音……
再也没有，
比这更远又更近的地方了，
这里是我的根。

清明，祭祀的雨，
如约而至；
又凝作雪，
在母亲的旧碑前传信。

合墓的新碑

填上了父亲的名字；

沉默，点燃两支烟，

这个家，因缺失母亲，

十九年蹒跚，

十九年呻吟。

纸，在雨中点燃，

阴阳两界，

弯曲的火焰，

燃烧的清明……

隔了一个时辰，

风歇了，雨停了，

云层里露出

放大的眼睛。

我们是朋友

回长春过春节，亲人相聚。请来朋友助兴，她的歌声，感染了在场的人……

不知道她的名字，

但我知道，她是朋友。

朋友是一只手，

扶人走路，

你牵着她的时候，

她也牵着你；

朋友是一幅画，

千姿百态，

你对着她微笑的时候，

她也把笑给了你；

朋友是一份牵挂，

一句祝福，

你装在心里的时候，

她的心里也有你。

不因卑微而淡漠，
不因高贵而攀缘，
生死轮回，
每一个生灵，
都是鲜活的血肉。
快乐是快乐的回报，
幸福是幸福的轮回。
生命，离不开朋友。

我们，生活在朋友中间，
手足相印，
江海同舟。
我们，歌唱在路上，
笑牵着笑，
手牵着手。
我们 —— 快乐同舟，
你是我的同伴，
我是你的朋友！

朋友 ——

也许，我们未曾相识，

也许，我们曾经拥有；

也许，我们曾是

校园里的青春偶像，

也许，我们只是

斑马线上过往的人流。

也许，我们是挤在一起的麦穗，

也许，我们是昼夜两端的星斗。

无论，

我们生在哪里，

走向何方，

我们都是生命的游子，

拥有，

同一片蓝天，

同一个星球。

此时，我想靠近你 —— 朋友，

让我，摘下脸上的面具，

我们心对心，头对头；

此刻，我想看着你 —— 朋友，

让我，袒露心底的忏悔，

我们一对一，手对手。

靠近我吧 —— 朋友，

我想倾听，

倾听岁月的脚步，

辨别出你走来的乡愁；

靠近我吧 —— 朋友，

我想倾诉，

倾诉亲情的渴望，

唱出浓郁的风流。

你能放弃的

我也会放弃，

你能承受的

我也会承受。

灵魂，需要朋友！

星空之下，

无论我们经历了什么，

无论我们内心

藏匿多少往事，

朋友，高唱你的歌，

放飞心的自由。

这里，

只有诚信，没有虚伪，

只有善良，没有狡诈，

只有正直，没有污垢。

朋友 —— 不留下脚印，

我们还能留下什么呢？

让我们一起走路吧，

请君，走在前头！

东湖的记忆

东湖是多次造访的旧地，这里风景优美，环境宜人。推窗望湖，山水一色；深夜，远处磨山虚掩在夜色中，令人遐想。

久思心无语，
磨山落叶吟；
铁竹别亲子，
痛惜难报恩。

抱枕苦入睡，
东湖近如身；
揽腰心欲醉，
忽遇船上人。

那一片云

春未走远，秋的脚步已沓沓作响……

草尖抹了黄

雷声滚落到山谷

树木把舞姿让给了枝叶

种子期待着脱落前的成熟

星月相托着

属于风的那一片云

显得更加孤独

孤独好苦

别了梅雨

又到秋的去处

秋来了

那一片云儿

显得成熟飘逸

风来了

牵着云的线断了

淡淡的湖水

留下了云的影子

妈妈的微笑

母亲离开我们整整二十年了。在我的记忆里，妈妈总是微笑着面对沧桑，处事中尽显公正与善良。

"文革"期间，全家随父母回乡生活。那时候，每天起床，帮妈妈把鸡从鸡舍里放出来，每出来一只鸡，都要用手指摸一摸鸡屁股，掌握是否有蛋，以防鸡下丢了蛋。如果多数鸡有蛋，这一天都在惦记着什么时候能"改善伙食"。摸蛋是在农村学的，也是一门"技术"，轻了摸不到，重了会挤伤，还要摸准地方。现代人绝对没有机会学习这门"技术"了。

很远的过去，
闪动在很远的地方。
妈妈的微笑，
似生命的乳汁，
在记忆里温暖地流淌。

曾经的时光，
忘却了，
那段贫穷的日子，
野菜果腹的时候，
妈妈的坚强。

忘却了，

青涩的少年，

逞强好斗的时候，

妈妈的善良。

忘却了，

离别的岁月，

风折雨压的时候，

妈妈的忧伤。

唯有妈妈的微笑，

锁在岁月的深处，

清明时节，

化作心中的念想。

不该忘却的忘却，

我们曾有过：

苟且的安逸，

私欲的膨胀；

无辜的伤害，

良莠的迷茫，

甚至，

低头，呻吟，放荡 ……

母亲，您别误会，
我们仅是此时、仅是在您这里，
才会，后衣襟短前衣襟长 ……
因为，我们刚毅，
我们有您遗传的脊梁。

不敢说，谢谢：
孩儿过往的不孝，
愧对您给的生命
和比生命更宝贵的善良。

不敢说，对不起：
孩儿们离家太远，
抹不去您眼中的血丝
和亲情久别的忧伤。
……
多想用你滚落的泪珠，
串成我们的佛珠，
陪伴我们再向远方 ……
多想用你慈祥的微笑，

画成我们的图腾，

相信，

爱一定比生命更长！

秋之歌

　　我的好友周华君先生是大师级画家，诗词也写得妙，我称呼之"诗人"。华君先生偶尔发来的作品，时常让我整晚都处在兴奋之中。

　　诗人说

　　"我独自在秋天行走，

　　秋天是燃烧的，

　　像一蓬火焰……"

　　我在诗人的身后，

　　向秋天示好，

　　收藏足够的种子，

　　为下一个春天守候。

　　诗人说

　　"我独自在秋天行走，

　　秋天是苍茫的，

　　解读秋天的语境，

开始孤独的修行。"

我在诗人的身后，
触摸了诗人的画笔，
秋韵的幽香，
染醉了宙斯的额头。

诗人说
"我独自在秋天行走，
秋天是金色的，
不是来秋天收割，
我离秋收还远还远……"

我在诗人的身后，
与金秋共舞，
用生命的年轮，
一路追赶秋的风流。

第三辑

古格王朝

老家

西藏是我的第二故乡，我执迷西藏自由的心灵。我是西藏的儿女，朴实无华；我是高天厚土间的白云，追寻我日夜向往的归处。我执着，我野性，我崇尚西藏不遮掩的生命。

记忆中，老家的天蓝蓝的

老家的房是土墙

屋顶盖着蒿草

烟囱竖在房边

傍晚，炊烟撩起

觅食的鸡鸭

悠然地回到院中

麻雀叽喳喳地叫

狗在院内嬉耍

那情景像一幅童话

不知什么时候

记忆中的老家变了

房子变了

人户多了

早前家家都有的猫狗

成了稀罕物

土炕，旱烟杆，火盆

断了传承

野兔子失去了家园

老家一天天变得朦胧

……

后来，老家的印象淡了

也疏远了

因我再找不到

记忆中的老家

当我踏入西藏时

再次看到了儿时的蓝天

脚下是土

头顶是火辣辣的太阳

茫茫世界

天地分明

西藏带我回到老家

乡音变了

蓝月亮低了

厚厚的土地让我生下了根

我眷恋我的老家

雪山下

我自由畅想

拉萨河边

我享受孤独

远行的路上

我寻找自我

古老的帐篷

寂静的村庄

田园诗般神秘的河谷

原始纯洁的群山

我找到了记忆中

丢失的童话

我热爱我的老家

看不够蓝天白云

听不够风刮雨落

于是，我去拨岁月的时钟

让它回到我的童年

……

经历一千个日日夜夜

我又要离开老家

我也将去告慰这片圣土

在我走过的山顶

献一条洁白的哈达

老家是根

老家是童年的记忆

在老家的记忆中

我要用藏汉文字

镌刻

这个年代的名字

还有，我的先辈宽大的脚印

也许，唐宋的后裔早已留在这里

也许，藏汉民族本是一个祖先

老家是莲花

老家是沧桑的年轮

在老家的大树下

我用爱

理解和感受这个世界

让善良的灵魂

拥有了共同的老家

老家是岁月

不知是我改变着自己

还是我被老家改变

我的血液和信仰

在这巨人般凸起的舞台上

变得更加坚定而成熟

布达拉宫

布达拉宫始建于公元七世纪中叶。松赞干布迎娶文成公主回吐蕃后，为"以夸示后代"，决定建造布达拉宫。最初的布达拉宫已毁于雷火和战争，现仅存一处观音堂。17世纪，五世达赖重建布达拉宫，他圆寂后又加建了红宫部分。

一种象征

旧西藏时至高无上

无数朝圣者的脚步

为她编织了浓重的历史

她是雪域上的明珠

新社会赋予她新的生命

不息的拉萨河

为她唱着古老的歌

我紧挨着布达拉宫

倚窗可视

那红白相间的身躯

许多时候

我伫立窗前

像重复看着一个老片子

依稀感受

千百年历史

那如烟似云的往事

多少豪杰 多少风流

已经化作

贝叶经上刀刻的文字

巴喀草里无声的祈祷

马蹄踏出的古道

早已模糊

或埋没了

兵器上的血

连同坐骑

已化作青山

只有飘荡的经幡

从没间断召唤人们的注视

这部没有文字的巨著

多少辉煌多少辛酸

记载着

松赞干布的英姿

藏汉工匠的尸骨

在历史学家眼里

她是神秘的镜子

在信徒的眼中

她是灵魂的殿堂

红山托举法轮

太阳沐浴金顶

属于历史的布达拉宫

装满了故事

属于人民的布达拉宫

充满了骄傲和希望

拉萨夜色

西藏的夜色像一个放大镜，把星星和月亮放大得咫尺可亲，又像一个过滤器，把天空筛得晶莹剔透。每当夜色来临，总想走出屋子，尽情地感受拉萨夜色。

独自漫街头
夜色藏面羞
踏碎寂寞觅星斗
银河多情不染愁

楼里有歌声
月光照人瘦
谁在情歌对明月
袈裟脱去得自由

夜幕不长久

北望又春秋

百事艰辛平常日

自磨筋骨为风流

堪回首

多少往事驻心头

荡荡君子魂

千秋不垢

拉萨河

　　拉萨河，藏民族的摇篮，雪域之源，生生不息。西藏有着世界上最丰富的水源，从那悠远的河水中能够领悟到西藏文明的悲壮之美，静穆之美；同样，西藏还有世界上最高的山峰，从壮阔的山的身影中能够感受到具有文化震撼力的雪域文明。

年轻的河　拉萨河

弯弯曲曲

从洁白的雪山走出

蓝天映照着你的足迹

高原铸就着你的性格

欢乐的河　拉萨河

沸沸扬扬

从没有痛苦的原始中脱胎

如仙女飘舞的长袖

似神山跳动的脉搏

沉默的河　拉萨河

年年岁岁

穿越高天厚土的时空

傲迎百世沧桑

放逐远古悲歌

骄傲的河　拉萨河

潇潇洒洒

托起强悍勇敢的民族

生命在这里繁衍

历史从这里淌过

拉萨河

欢乐的河

痛苦的河

心灵的河

你永远流淌在

高山的怀抱

你与一个民族的血液

永不分割

……

古格王朝

吐蕃覆灭后，末代赞普的嫡孙逃亡到西藏阿里，被当地土王招赘，生养了三个儿子。晚年他进行了分封，幼子成为古格（今札达县）领主，继而建立了古格王朝。王朝历经七百年，鼎盛时有十几万之众。17世纪初，西方传教士把教堂的"福音"播入到这片执拗而贫瘠的土壤，王朝内部分裂，拉达克人攻到城下。凶残的入侵者每天在城下杀一名古格王朝的臣民，善良的国王不堪忍受，只身走出了城堡。人们传说，当国王走出城堡时，王妃穿着白裙，从王宫的窗口坠入山谷，化作了一片美丽的白云……

象泉河——

瘦得让人心酸

它不停地讲述

发生在这里昨天的

悲剧的故事，悲惨的历史

坐落河畔的

古格王朝遗址

已凝固成缄默的山峰

山坝上的练兵场

一千年，再没有扬起过尘烟

经历了千年风雨

人们忘掉了

兵刃下的生灵

仍长眠在

每一段被血染过的土坡

岁月带走了

如歌如泣的往事

牧民们在王朝遗址旁

生育儿女繁衍生息

没人过问：他们从哪里来

又到哪里去

悲歌哽咽了

只有孤独的鹰

不停地盘旋在冈底斯山上空

企盼着对故土的拯救

……

在城堡的顶端

当地人让我看

一堆马粪

说它已沉睡了一千年

于是，我睁大了眼睛

寻找撒在乱石中

勇士的战袍、马鞍

我想把它一件件捡起

……

这不是神话

也不是历史之谜

在深深的冻土之下

佛教躲避了

时间和历史的侵蚀

它再一次打败了世俗的统治

仰视古格的上空

我多次发问

强盛的吐蕃

不是也因佛而亡吗

佛教留下来了

一代一代没有动摇

七百年王朝消失了

不知它的后裔有谁来祭祀过

留下来的东西

不一定都美好

像干涸的河床

人们更希望

把消逝的泉水找回来

象泉河

不停地讲着新的故事

旧王朝

已在历史的尘烟中湮没

雪域之魂

在朝圣的路上

照亮了香格里拉殿堂

于是，我看见舞蹈的烟火

歌唱的牛羊

还有燃烧的太阳

熊熊于雪山之巅

访米林农场

米林农场位于雅鲁藏布江与尼洋河交汇处，是林芝地区重点国有农垦企业，创建于1960年。1995年列入福建省对口支援单位，万亩农场焕发出勃勃生机，成为全国对口支援的一面旗帜。

我是果林中

熟透了

落地的苹果

默默地等待着

姑娘把我拾去

我是果园里

压弯了的枝头

亲吻着

肥沃芳菲的土地

我是摘果子姑娘

手中的箩筐

欢喜地迎接

扑面而来 ——

胖胖的核桃

歪着脖子的鸭梨

金色的季节里啊

我走在

农场敦厚的田间

像种子落地

似滴水归溪

变得殷实、富有

让内心荡起

成熟和收获的涟漪

……

我赞美这里的人们

因为这片热土

—— 铭记着创业的艰辛

还有大写的援藏人

—— 那些开拓者的足迹

夜踏拉鲁湿地

拉萨城北边有一块著名的湿地 —— 拉鲁湿地，被称为"拉萨的肺"，它对拉萨的环境保护有很大的作用。

风萧萧

月圆人缺

遍地荒芜吟乡曲

四面环山锁思恋

月色唤人醉

小河流水潺

天幽地灰芳草处

高山厚土把家安

未冠心高敢问先

老大方知天地远

常与湿地诉日月

不耻雁雀栖庭院

游子心

男儿愿

海角天涯

艰辛步蹒跚

沓沓长思夜

月光如歌

星斗阑干

孤独的旅人

9月的一天，陪客人去西藏三大圣湖之一的纳木错湖的路上，邂逅一对远游的男女青年。因下雨，我们主动邀请二人搭乘我们的车。原来他们昨天才相识，是在八廓街旅馆贴条子"结盟"到纳木错湖。听说在西藏此类现象很时髦。后来，这两个青年就把自带的帐篷安扎在湖边过夜。我很羡慕西藏的游客，他们是那么地自由，又是那么地孤独……

阳光透过浮云
射落在徒步远行者
紫红色的脸上

刚刚抹去
额头上的灼热
流动的天空
变幻出倾斜的雨线

远处的雪峰
遮掩在云雨的背后
两束半圆的彩虹
落在山腰

挽留着美的瞬间

云自由地行走

让太阳

把大地分成

阴阳变幻的碎块

路艰难地延伸

让远行者

把疲惫分成

酸甜苦辣的晚餐

他们是生命的旅行者

他们是客栈中的熟人

不停地感受

愉悦和疲惫的转换

不要以为远行者

是多么自由

也许昨天的伤感

仍未割断

不要以为远行者

是多么寂寞

爱的博大

已羽化弥漫

自由是灵魂

寂寞也是灵魂

在灵魂支撑的世界中

天涯海角

都是歇息的去处

苍穹一隅

都是心灵的港湾

无题

西藏托梦：一只怀孕的龟从神湖出来，爬了很长时间，当它返回时，湖水已消失……

雪域托梦江南雨，

龟出圣湖归途迷；

此来彼往犹过客，

哀兮乐兮始相倚。

有无皆空方成道，

帐前幔后戏连戏；

天机道破人自散，

何为情伤命唏嘘。

高楼与帐篷

当你身不由己地习惯于某种生活方式、生活状态，都是一种生命的定格。

楼挨楼的城市

把人挤得疲倦

彼此懒得说话

有谁去想高楼组合的城市

缺少点什么

撑起云天的帐篷

把生命变得空旷

风雨在毡布外停歇

帐篷里传出微弱的诵经声

有谁在意她疏远了我们

如同远古的先人

还唱着没有文字的歌谣

有一次，在藏北高原

越野车跟着太阳跋涉

直到夕阳烧红了云端

才遇见一户人家

黑色的帐篷里

藏式铁炉摆在中间

主人正用牛粪煮奶茶

见有人光顾

她的眼睛亮了起来

没有言语

——但我们似曾相识

荒芜中的炊烟

像生命的五线谱

在寂静的天空中飘浮

我回味不透

这个世界

是因孤独而高贵

还是因物欲而繁华

我们生活在同一国度

但我们却以不同的方式存在

高楼里的人

墙与墙掩着隐私

帐篷里的人

心与心贴得很近

高楼的外面仍是高楼

帐篷的外面是阳光和水

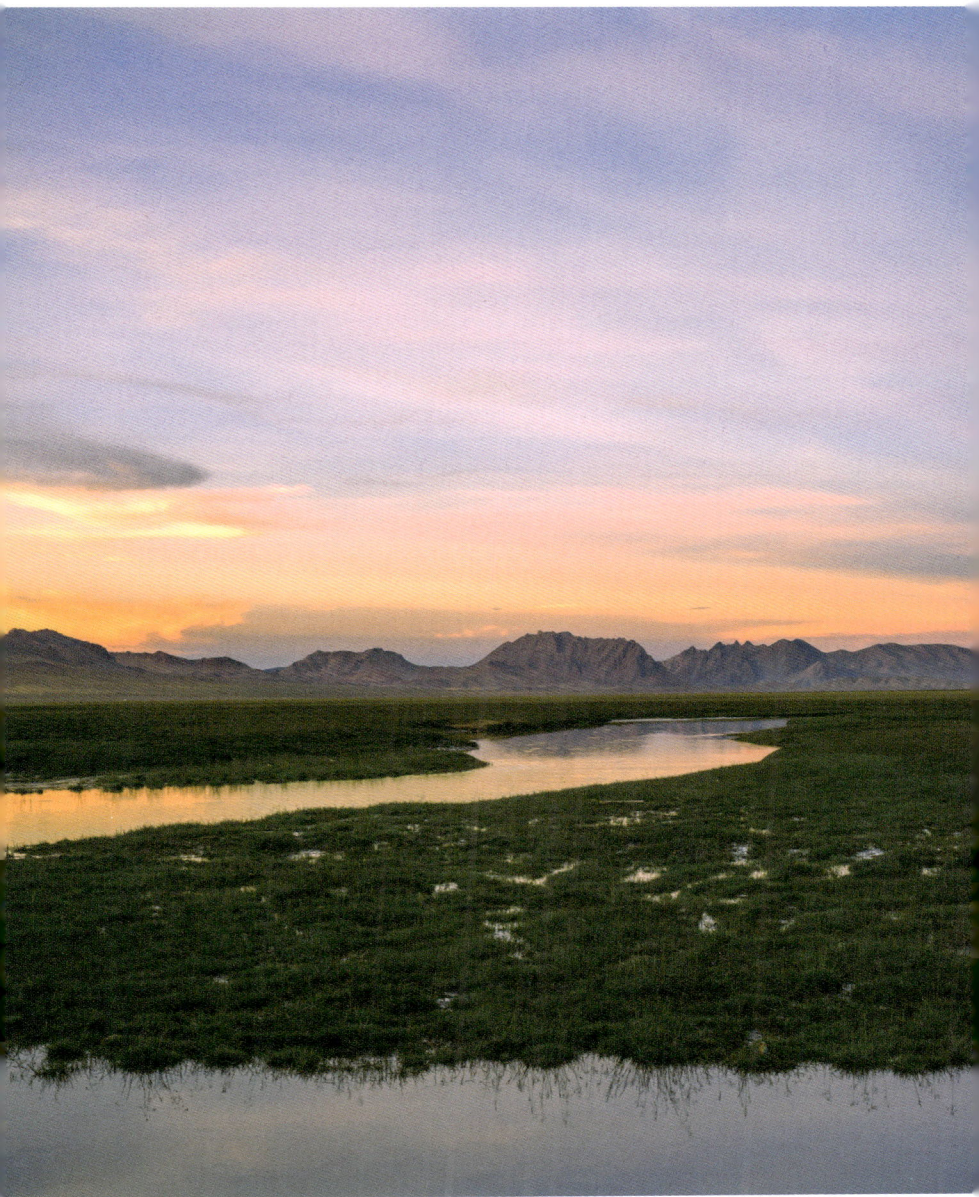

新年祈祷

公元2001年的岁末，在距太阳和月亮最近的地方，聚集着一群人，他们享受着高山的厚爱，倾听着雅鲁藏布江的吟唱，在神秘与遥远的呼唤中，沐浴着新年的祝福。

新年的钟声

带走了流逝的岁月

雪域的太阳

染新了每一个生命

让我们面对自由的天空

回到生命脆弱的原始

让欢乐与痛苦

蹚过我们内心激荡的河流

让我们感受

让我们放纵

让我们承受生命之轻

虽然我们扯不住

落下的太阳

但我们是追赶太阳的人

即使藏北的风沙

剥蚀着粗裂的皮肤

但我们不会退缩

先辈的肩膀

老西藏精神

已撑起祖国之重

任由光阴流逝

我们会把生命延续的纽带再一次拉紧

纵使岁月在生命的年轮上轻轻划过

我们绝不在意曾经有过的伤痛

我们摒弃了浮躁

生命拥有了灵魂

高原的脚步

编织了我们共同的履历

雪山的笑声

荡漾着我们对西藏的深情

不要忘记

曾几何时

青稞酒烧红了眼睛

荒漠边陲

额头和额头相对

心灵与心灵相碰

不要忘记

曾几何时

酥油茶醉了心扉

苍茫雪域

河流与河流相汇

山峰和山峰共鸣

感谢这片热土吧

马背上我们走过夜路

帐篷里我们留过鼾声

太阳下

我们养育了

明明朗朗的心

坦坦荡荡的风

当雪域高原托起希望的太阳

当飘逸的白云自由地聚集散落

当不羁的寒风越过山顶

当大自然脱去所有的掩饰

这个透明的世界

把未来给了我们

在林芝军营过中秋

林芝的雨多于拉萨，中秋之夜她多情而至……

没有皎洁的圆月

没有闪烁的星光

外面下着小雨

星星和月亮

躲藏到云的背后

今年的中秋

不让人伤感

我想，云的上面肯定很亮丽

山峰拦断了

风姑娘的问候

边陲的营房里

燃烧着战士的忠诚

每一个战士都是一座雕像

青山绿水

把生命的轮廓

化作大山的脊梁

那曲的秋

　　每次来那曲都难以入睡，从生理到情感上体会到它的冲击……

默默地走在
茫茫藏北
边陲要塞 ——
这悠古烽台

莫要惊厥
绿装少女
痴情早秋 ——
那深沉的爱
……

我应该
异变成一根草
凄凄弱弱

永依在她那

广袤的胸怀

我应该

焚化成一股风

唱唱诺诺

逾越于她那

浩瀚的妆台

临夜静悄悄

草原

夜露

我的心

还有天空

那滞住的云带 ……

一份宁静

一缕乳白

没有字的诗

没有卷的画

藏北草原

敞开你的胸怀吧

接纳善感的使者

对你真诚的爱

未了情

来自四面八方，高擎同一面旗帜，从1995年至今，已有近万名援藏干部来到雪域高原，他们奔波在122万平方公里的西南边陲，用生命填写了一段不能忘却的历史。

春催万物衍

秋打草心宽

边塞劲风吹万里

滔滔江河血脉连

三载春秋雪域暖

杯杯奶茶润心田

疆场回首人欲归

未了情如山

孤鸿寻归处

烈风折炊烟

抖落青山一片白
留下心声歇纸面

道一声珍重
高原同路曾为友
祝一声平安
征程漫漫勤自勉

海思

西藏不临海，但亿万年前，这片高原曾经是一望无际的海洋。二十世纪六七十年代，科学工作者相继在昌都地区和聂拉木县发现了鱼龙化石和恐龙化石。如今在珠峰周边地带时常可遇到卖贝壳、螺蛳化石的人。岁月悠悠，沧海桑田，变化是永恒的。再过亿万年，也许西藏会变成一片海，或海中的一个岛。

一

浪花

相互簇拥着

不断地跳离水面

……

风住了

它羞愧地

藏进了海底

二

岸

一块莫测的地段

遇难的人想它

踏海的人

从它身上走过

……

涨潮了

岸成了大海

底下的泥沙

三

海轮

在大海上不停地耕犁

晨来

它把雾拨开

夜晚

它把浪点燃

乘风而跃

它是大海的鞍

横线

再过十几个小时就是2004年的除夕夜，手机响了，从遥远的高原传来不幸消息：我的好友——80年代响应党中央号召从山东教育战线援藏的他，在从林芝返回拉萨的途中发生车祸遇难。我呆呆地忘记了周围的存在，像又回到了拉萨，茫然地去找那些已长眠在雪山脚下的兄弟……

一

我凝视着

生与死当中

那条横线

瞠僵了的眼目

渗出了血——

黑的、白的、红的……

失色的目光

留住了

生的哭啼

死的隔栏

还有

光秃秃的两个点

其实 ——

生死不过一条线

二

都市的霓虹

山村的炊烟

把人们生的渴望渲染

高楼下

阴寒断壁的排水沟

旷野中

荒凉吹扫的茔茔墓地

又悄悄地冒出

死的卜签

三

生的辉煌是梦

死的寂寞是禅

四

大写的生属于人民

像江河一样不息

苟活者的生属于自己

死与生没有区别

裸露

藏北的山是全裸的，几乎寸草不生。但可以肯定藏北的山是世界上最壮丽、最感人的山。它逶迤凸起，五颜六色，凝重而恢宏，没有任何遮掩。藏北的山有性格，有脊梁，有内在的博大。我喜欢西藏山的裸露，我也喜欢西藏人的真诚。

裸露

是一种真诚

真诚是自掘的井

裸露

是质感的雕塑

雕塑中

有赤条条的男人、女人

女人的裸露是美

男人的裸露是艺术

裸露

是一种贞洁

贞洁不标价格

没有价格

走私和交换横生

裸露

是隐私的自杀

隐私是一种权利

放弃权利

是人的一种解放

裸露

是一种原始

原始是根

没有根

就会卖掉自己

亵渎裸露

是最大的悲哀

犹如 ——

自然毁于人类

人类损于自身

锁

从内地来西藏生活的人，很少在人际关系上"不入流"，因西藏的交往远比内地单纯、简单，工于心计的人往往没有市场。这之因，没有深研，大概是缺氧吧，自己能活下去就很不容易了。

一个门匠说

他做的门都带锁

白天的时候

人们进进出出

谁都没有留意

锁是门的心

一个工匠说

他做的锁只有一把钥匙

什么时候

都不可掉了钥匙

更不能把钥匙交给陌生人

一个智者说

人的心是蜕变的蛹

蠕动的幼虫是蛹

裂开的蛹是蛾

蛾比蛹更接近死亡

人们如是说

没有锁的门

是墓地的十字碑

没有情的心

是孤独可餐的肉

后来还是门匠

悄悄告诉我

离开家

别忘了锁门

还要带上钥匙

回西藏

时空，造就了永恒。于是昼，于是夜，一路漂泊，一路更替，在黑白之间，留下伤痕，留下色彩，留下哀荣。

我们奔波，为三餐饱腹，为一副行囊，为洞里的粮食，为保险箱里的钻石……我们沉湎于瞬间，我们离永恒渐行渐远。虽然，谁都找不到永恒，但我们可以追求，可以尽心做点什么。

我一直渴望，

站到一个高处，

问候早晨的太阳。

我一直期待，

沿着嶙峋的山脉，

聆听雪山的畅想。

我放空了行囊，

摇动的经简，

装满了沉默的文字，

我把古老的咒语珍藏。

我在路上，

匍匐的身影，

延续了不息的信念，

我把最美的祝福唱响。

无论 多少次来到这里，

我都如初的心动；

无论 时针转向何处，

我都会找到原始的模样。

已久，心的苍凉，

只为 —— 那片土地，

那缕阳光，

或许，那份荒远，

信念与孤独，

已是我的符号，

我沉思的翅膀。

杂感（组诗）

玛尼堆

每一座山顶

都有先人垒起的石堆

我理解它

是一种交流

是人与人、山与山的沟通

也许 是一种祭祀

一种祈祷

或是对大山的崇拜

希望无声

在风和云间传递

没有香火

也没有暮钟

一块块石头

是铺向天空的道路

变化

已是六月的季节

一场夜雨

拉萨河边的南山

又被白雪覆盖

太阳出来了

不到一个时辰

山归山水归水

没人在意发生过什么

西藏的美

美在变化

美在瞬间

美在发现

瞬间的美

是对比产生的

永恒的美

是心灵的一种认同

变化的美

是哲学范畴的符号

有的东西是能改变的

有的东西是不能改变的

有的东西是不能不改变的

大到做人，小到穿着

变化带来机遇，也带来挑战

带来痛苦，也带来惊喜

和谐

西藏的野兔

不是白的也不是灰的

一半是山的颜色一半是灌木的颜色

猎手常因此走眼

北京听藏歌，没有味道

雪山听藏歌，入情入心

和谐是美，和谐是幸福的支架

跋：西藏的魅力

1998年初春，我第一次踏入西藏这片神奇的土地。从此西藏成了我最想去的地方，几乎每年都要跑两趟。三年后，我又有幸来援藏。西藏的一切与我的生活、生命和事业已融为一体。我常常在想：也许西藏是财富和时尚都相对贫瘠的地方，也许严重的缺氧在透支着人的生命，也许背井远离的日子曾给亲人和朋友带来感情上的伤害，但这片热土，这大好河山，养育了我们的品质，让我们感受到了西藏人民的爱、西藏人民的精神。西藏的山山水水同样承载着中华民族的希望！

我无意去渲染西藏的苍凉，也无意在这里来歌颂为西藏的发展和进步作出了贡献的人们。我只想说这块土地很神奇，有着独特的魅力；这里的人们很诚实，有着世界上人与自然最和谐的美。

记得有一次我们从日喀则返回拉萨，车队沿着雅鲁藏布江在大山的怀抱中行驶。四月的山顶还存留着洁白的雪，缭绕的白云不安分地随风飘浮，山脚下舒展的缓坡上，牦牛和羊群啃食着低矮的枯草。太阳落到了山后，云彩显得更加灿烂。除了我们的车队在惊扰大自然外，眼前的一切是那么地宁静、那么地疏远。恢宏壮丽的暮色，蜿蜒不断的重峦叠嶂，宽阔奔腾的雅鲁藏布江……大自然的纯真本色是如此感人。我时时向车窗外凝望，那景色让我迷恋、兴奋，也让我惆怅、敬畏。也许，我对这块神奇的土地，还只是一种冲动，一种浅薄的激情。在那曲我听到了不少故事，许多人讲，在这里生活几年的人，变得宽容了，名利淡薄了，思想境界得到了升华。的确，艰苦的环境保留了人们更多的纯真和善良，在与自然的抗争中，人们的灵魂得到了净化。

后来，在朋友圈中，常聊起西藏的话题。我对他们说，西藏是一块净土，那里蓝天白云，如梦如画，你想拒绝嘈杂和混沌吗，那就到西藏去。西藏有着鲜为人知的神秘，它的神秘来自高原、来自宗教、来自藏民族的历史和风俗。

位于"世界屋脊"的西藏，在数千万年以前还是一片汪洋大海，300万年以前整个高原还是森林繁茂的低海拔地区。在去往珠峰途经的定日县，常能遇到推销各种贝壳、螺蛳化石的人。科学勘测发现，珠穆朗玛峰至今仍是地球上升得最快的地段。沧海桑田本来就不是神话。

西藏平均海拔4000米以上。8000米以上的高峰有11座。打开中国的版图，紫红色的西藏高原要占1/8，真是名副其实的又"高"又"大"。

西藏与北京有一个多小时的时差。夏天的拉萨，太阳火辣辣地射在人身上，白天很少见到漫天阴云的时候，大都是"雨过地皮湿"，且多数时候是夜间下雨。所以藏族人基本上不用雨伞、雨靴。这些年，环境变化了，日喀则的冰川底线提升数十米。用"老皇历"谈西藏气候有的已不适用了。西藏的生态环境很脆弱，在藏北，秃裸的山峰常年不见绿色，有的已沙化。冬季的风沙经常让飞机进不来。干燥、寒冷、缺氧是高原气候的一面，主要是冬季的几个月；蓝天、白云、阳光、透明是高原的另一面。进入6月份，也可以说是西藏的"雨季"，几乎每天都有雨点飘过，把空气过滤得纯而又纯，山上绿了起来，大地充满生机。若不是缺氧，这里还真可谓人间仙境。

就自然环境而言，西藏为世界所独有。高原缺氧是大家共知的。其实，西藏最大的魅力还是原始和广袤。比如说，那曲这座世界最高的城市，所辖40多万平方公里，平均海拔4500米以上，被唐古拉山脉、念青唐古拉山脉和冈底斯山脉环抱。这里被称为"生命的禁区"。年平均空气含氧量不足50%，从内地带来的真空包装的小食品，能自己爆开。

高原特有动物藏羚羊、野驴、野牦牛就生活在这里。那曲双湖区平均海拔4800米，区机关所在地海拔近5000米，可谓"人体极限的试验场"。赶在雨季前的4月我曾到过这里，并到有"世界第三极"之称的普若岗日冰川考察。据陪同我们的人介绍，冰川海拔有6400米，常年积雪的面积有1000多平方公里。这次考察我看到了藏羚羊、野驴群奔跑的场面，还有凶悍的野牦牛、聪明的狐狸和狼。我们所经过的路线几乎没有人迹，连空气都没有"人味"。或许这就是西藏高原独一无二的"风景线"。在双湖区内，大小湖泊随处可见。透明的天空中，那一块块淡淡的云就像是举手可以扯到的白纱，她拉近了地球和蓝天的距离，让你有一种登高成佛的感受。

我们生活在城市，我们也就远离了自然，变得那么做作，那么自以为是。城市中的人们冷淡了自然，脱离了自然，他们忙忙碌碌，在自身的拥挤中繁衍。一方面，有名，有利，有占有的快乐；另一方面，有损，有失，有无奈的悲哀。其实，我们对大自然的占有是微不足道的。当你走进西藏、走进唐古拉山脉时，你会感到，在大自然的衬托下，人是如此地渺小，何等地脆弱，思想是多么地苍白无力。我们"与天斗其乐无穷，与地斗其乐无穷，与人斗其乐无穷"，即使它体现了一种精神，一种力量，但是，人内心深处能由此而摆脱自卑吗？不是吗？那你就去细心品味一下你在大自然中孤独的时候，你在人群中冷落的时候，还有你在世俗等级中找不到"位置"的时候。是不是我们的要求多了些，而我们与大自然的对话和交流少了些？

人融于自然，犹如水溶于海。

说西藏神秘，还因为这片土地是民众信教的"圣地"。一面是蓝天白云，透明的大气流动，淋漓尽致地表达着大自然的纯洁；另一面又是寺庙雄立，幡旗飘舞，随处可见僧尼、转经者和磕长头的信徒。这是一块大自然的剔透与宗教的朦胧交融在一起的世界。它难以理解，也极易变成异己的力量，而把神秘嵌入人的脑海。

佛教传入西藏已有1300多年的历史，它是在西藏最早的宗教——苯教的基础上融入外来的佛教文化形成的。藏传佛教是藏族文化的重要组成部分，也是西藏独具魅力和特色的人文景观。现在西藏境内有上千座寺院，这些寺庙大都建在风水独特的山间，像浑厚的山魂一样若虚若实地披着神秘的面纱。那晨钟暮鼓，那"唵嘛呢叭咪吽"之音，好似从另一个世界传来，与我们相隔甚远。我有一个朋友叫丁真，是昌都地区丁青县孜珠寺的活佛。18军进藏时，丁真的父亲、当时孜珠寺的活佛首先站出来欢迎解放军入藏。孜珠寺一直是爱国爱教的寺院，丁真的父亲圆寂前是昌都地区政协副主席。丁真毕业于北京佛学院，汉语说得很好，我们曾探讨过共产主义与佛学的本质区别，争论过道德要求与佛教的"积德行善"是不是一回事。有一次到丁青县出差，我顺路去了孜珠寺，当时丁真活佛正在闭关修行。按"规定"他是不便出关的，但朋友远道而来，丁真活佛只好破了"规矩"，并高兴地带我们参观了寺院。孜珠寺坐落在海拔4800米的孜珠山上，这里异峰突起，怪石嶙峋，远远望去，修行的禅洞和嵌在山体上的木屋如空中楼阁。"孜珠"藏语意为6座山峰。孜珠寺属西藏最古老的苯教派系，据说寺院始建于雅砻部落第二代赞普，有两千多年的历史，与西藏历史上第一座宫殿 —— 雍布拉康是同期的。在佛教传入藏族地区以前，苯教是占统治地位的宗教，它不仅左右赞普的决策，也普及于民间。直到8世纪末赤松德赞"兴佛抑苯"和赤德祖赞强行实施"七户养僧"制，佛教开始渗透于西藏社会的各领域，并与吐蕃土著信仰苯教发生激烈的冲突。历史上的"佛苯之争"和9世纪中叶的达磨赞普的灭佛运动，集中表现了外来佛教与藏民族原有文化的激烈冲突。11世纪中叶西藏处于奴隶社会向封建农奴社会的过渡阶段，适应统治阶级的需要，曾遭毁灭的佛教又重新复兴，同时，在教义上融合了苯教和西藏传统习俗，使之更加适合西藏的发展，并为广大民众所接受。藏传佛教正是在这种社会背景下最终形成的。千百年来，藏传佛教经久不衰，形成了诸多的教派。各教派虽修行方法各异，但都追寻因缘和生死轮回的来世。各教派中，宁玛派俗称"红教"，"密宗"教派，与苯教相似，修习的僧人讲求咒术，人称阿巴（念咒的人），在康区影响甚大。当然藏传佛教中最值得研究的还是始于萨迦派八思巴的西藏政教合一制度。布达拉宫是典型的政教合一体制的象征，白宫部分是达赖政务场所，红宫部分是宗教朝拜之地。临近布达拉宫，你会感到一种异样的气氛，它不仅表现出了千百年前人类文明的神力，还透着一种宗教至高无上的权威。与其说它是宗教的殿堂，还不如说它表现了旧制度的桎梏和宗教对人类灵魂的影响。

如果你身处西藏，那么在大昭寺正门和清晨的布达拉宫广场，在青藏、川藏路上，经常会看到五体投地磕长头的宗教信徒，他们在漫漫求佛路上，执着执迷，不悔不退，其虔诚和献身精神为人所感叹。

西藏吸引人的地方，或者说西藏的神秘还在于她的历史、文化和风俗。公元630年，松赞干布统一了西藏，建立了强大的吐蕃王朝。之后的200年间，创造了辉煌的铁血历史和佛学文化。公元842年，吐蕃王朝因王室内讧和部族之间、边将之间的混战而分裂瓦解，战争连绵持续了四百余年，强大的王朝走向了衰落。13世纪中叶西藏正式归入元朝版图，并建立萨迦王朝，确立了政教合一的政治制度，西藏进入了一个缓慢的历史发展时期。直到1951年西藏和平解放，1959年进行平叛和民主改革，西藏社会和人民才获得新生。在漫长的历史长河中，藏族人民不仅创造了独特的雪域文化，也淋漓尽致地表现了他们的勇气、智慧和那粗犷的生命对雪域的依恋。回首藏民族昔日的荣辱兴衰，我们能深刻地感受到藏汉民族唇齿相依的血肉之情。

藏族的文化艺术，在祖国丰富多彩的文化宝库中同样占有重要位置。西藏的建筑、唐卡、医药、天文历法无不表现出了藏族人民的聪明才智。但对一般的人来说，大家更感兴趣的还是藏民族的风俗人情，从礼仪到饮食起居都带有鲜明的民族特色。藏族人民豪爽好客，忠厚热诚；通婚自由，少有狭隘的种族意识；不杀生，与动物天然地亲近，把山水视为朋友。特别是在生死观上，把生死看作是自然的过程，无须刻意装饰，活得轻松。藏族的葬礼远比汉族简单得多，人死了一般的葬法是天葬，让鹫鹰帮助死者"升天"。且不论天葬的形式是不是宗教所致，但它客观上省了土地、木材。从人类利用资源和环保角度说，真是好事，也省了内地建墓立碑的烦恼。

谈起西藏这片神奇的土地，好多东西不是文字所能表现的。当你站在珠穆朗玛峰脚下环视苍生，当你面对常年不融的雪山仰望白云飘逸，当你头顶蓝天与江河对话，你会感到我们的语言是多么苍白。只有走进西藏，才能认识西藏。只有融入西藏，才能感悟西藏。当然西藏不是世外桃源，从政的、经商的、混世的大有人在。建设者要用汗水换取工资，牧民们要养育爱情与儿女，内地有的西藏也有。只不过在我个人看来，也许它太辽阔，而把好多东西淡化了，也许它太纯朴，而把好多东西简单了。

镜子多了，人才更注意自己。

西藏的镜子少，所以人的心灵也就自由得多。

后记

上世纪80年代初，潘晓在《中国青年》杂志上发表了"人生的路呵，怎么越走越窄……"的一封信，引发了"人为什么要活着"的人生观大讨论。随后，文化繁荣与创新整整延续了十年。此前，极具历史意义的"真理标准大讨论"打开了人们长期禁锢的思想，重新确立了"实践是检验真理的唯一标准"的思想路线，对"文革"的否定，人性的回归，中国进入了一个新时代。

对苦难的反思和对新生活的向往，涌现出了80年代一批青年诗人和好的作品。

80年代朦胧诗的代表人物(如顾城、北岛、舒婷)，以独立精神和诗歌模式的锐意突破，掀起了自由创作的新诗潮；诗歌创作热情感染了很多普通诗歌热爱者，我也身在其中。当然，让我触动更深的是那些革命诗人的佳作(贺敬之、郭小川、艾青)。中学时期，我能把《雷锋之歌》通篇背诵下来。当今的诗歌，多显褪色之态。因为我们的生活局限于：幸福多了，苦难少了；篱笆多了，远行少了。正如诗人纪伯伦所说"对安逸的欲望扼杀了灵魂的激情，而它还在葬礼上咧嘴大笑"。

几乎，80年代之后，诗歌已无力表达这个时代了。

在诗词的境界里，应该是自然的、忘我的。诗歌，从来不是谋生的职业，所谓诗人，不过是用文字和吟唱来抒发自己的信念与情感，借以成为自我符号。

好的诗是一种情形，一种动态，是"沉舟侧畔千帆过"的长河。诗，是欲达而愤的呐喊，是内心深处的情歌，是万物拟人的清唱。诗浪漫于山河之间，诗是对政治和贫苦的批判；即使是在官方历史的卷章中，也不乏诗词的神韵和注释。

诗成于某种风格、格局。诗人不是专业，应属于为灵魂祷告的祭司。诗是一条河流，诗人把颜色和生命倾注其间。

引起心灵共鸣的诗，是人与人之间超越时空的认同和碰撞。我结识华润的朱平、承德的刘晓光是如此，与老友何道峰相交也是如此。借诗会友，执词抒情，把悲悯和爱展现在生活之中。

诗集在内容和体例上都还有纰缪之处，局限于个人的水平和作品的篇数，只好打包成册，形成一体，借以完成个人的一个心愿。所表达的仅仅是个人之浅见，且囿于一隅。

　　为成全这本诗集，格桑吉美为诗集选配了照片。吉美是摄影大师，是用照片说话的人。用我们二十多年的情感而论，是兄弟，是酒友，是北京与西藏的红丝带，是洁白的哈达。

　　为成全这本诗集，我的好友刘学锋，建议把我在西藏写的小册子与后写的文字合成一体，并推举出版社和编辑人员，才得以成书。张涛老师百务具举之中为拙作作序，给予了我弥足的认同和肯定，令人动容。谨此，感谢为此而付出的朋友们！

图书在版编目（CIP）数据

同在阳光下 / 铁群著 . -- 北京：作家出版社，2022.3
ISBN 978-7-5212-1806-0

Ⅰ . ①同… Ⅱ . ①铁… Ⅲ . ①诗集－中国－当代
Ⅳ . ① I227

中国版本图书馆 CIP 数据核字 (2022) 第 029464 号

同在阳光下

作　　者：铁　群
书名题字：蒋志鑫
摄　　影：格桑吉美
责任编辑：丁文梅
装帧设计：意匠文化·丁奔亮
出版发行：作家出版社有限公司
社　　址：北京农展馆南里 10 号　　邮　　编：100125
电话传真：86-10-65067186（发行中心及邮购部）
　　　　　86-10-65004079（总编室）
E-mail:zuojia@zuojia.net.cn
http://www.zuojiachubanshe.com
印　　刷：北京盛通印刷股份有限公司
成品尺寸：142×210
字　　数：73 千
印　　张：6
版　　次：2022 年 3 月第 1 版
印　　次：2022 年 3 月第 1 次印刷
ISBN 978-7-5212-1806-0
定　　价：98.00 元